Les Oursons Berenstain

ONT DES SOUS D'ARGENT

Lorsque des oursons insouciants
Gaspillent leur argent,
Ils doivent, à leurs parents,
En <u>réclamer</u> plus souvent!

PREMIÈRES EXPÉRIENCES

Les Oursons Berenstain
ONT DES SOUCIS

Grolier Limitée MONTRÉAL

Édition anglaise, copyright © 1983 par Berenstains, Inc.
Édition en version française, copyright © 1987 par Beren-
stains, Inc. Tous droits réservés en vertu des Conventions
internationales et panaméricaines des droits d'auteur.
Distribué au Canada par Grolier Limitée. Imprimé au
Canada.

Dépôt légal, 2ᵉ trimestre 1987
Bibliothèque nationale du Québec

ISBN 0-7172-2212-8   1234567890 ML 6543210987

D'ARGENT

Stan & Jan Berenstain

Frérot et Sœurette
connaissaient bien le Pays
des Ours.

Ils savaient où les plus belles
fleurs des champs poussaient.

Ils savaient où trouver
les baies les plus
juteuses et les
plus charnues.

Ils savaient où aller pour
admirer les couchers . . .

et les levers de soleil.

Ils savaient quels étaient les arbres
où se trouvait le meilleur miel.

Ils savaient même où aller pour
voir à coup sûr un arc-en-ciel.
C'était un endroit secret
derrière la cascade.

Il y avait cependant certaines choses qu'ils ne connaissaient pas.

GÂTEAUX AU MIEL 15¢

Question argent, par exemple, ils n'y comprenaient pas grand-chose.

Ils savaient, bien entendu, qu'il était amusant d'avoir de l'argent et encore plus amusant de le dépenser.

En fait, chaque fois qu'ils en recevaient . . .

en cadeau,

ou en remerciement d'un service rendu,

ou de grand-père, qui avait tendance à les gâter,

ou de papa Ours, qui avait tendance à les gâter davantage . . .

ils couraient aussi vite qu'ils
le pouvaient jusqu'au centre
commercial pour s'acheter . . .

une sucette au miel, un cerf-volant
ou un harmonica qui ne jouait
que trois notes.

Ils n'achetaient jamais rien de valable
et n'avaient presque jamais un sou
d'économie. De temps en temps,
Sœurette mettait quelques sous dans sa
tirelire mais elle les retirait dans la
minute qui suivait.

Quant à Frérot, il n'avait même pas de tirelire.

La façon dont les oursons jetaient par la fenêtre leur argent commença à inquiéter maman.

«Je crois qu'on devrait donner à Frérot et à Sœurette un peu d'argent de poche toutes les semaines», dit-elle un soir alors que papa et elle faisaient leurs comptes.

«De l'argent de poche!» s'exclama papa.

«Oui, et à toutes les semaines pour qu'ils apprennent à dépenser leur argent raisonnablement, à économiser et à planifier leurs dépenses.»

«Mais tu n'y penses pas! Ils sont bien trop jeunes. Laisse-les dépenser leurs sous comme ils l'entendent. Ils auront bien assez tôt des soucis d'argent, tu sais», lui dit papa en soupirant.

En fait, ce fut papa qui le premier en eut assez de la façon dont les oursons dépensaient leur argent à tort et à travers.

La scène se produisit un jour où les oursons s'étaient rendus au centre commercial pour dépenser les quelques sous qu'une voisine leur avait donnés après qu'ils eurent promené son chien.

Au centre, ils virent un nouveau jeu vidéo qui s'appelait l'Astro Ours et qui avait l'air très amusant.

«Un jeu vidéo! Au centre commercial!» hurla papa. «Mais vous pensez que je suis couvert d'argent!»

Les oursons ne pensaient pas du tout cela. Ils essayèrent de l'imaginer couvert d'argent et le trouvèrent plutôt bizarre.

Maman se rendit alors compte qu'ils ne comprenaient pas. «Couvert d'argent n'est qu'une expression, mes chéris», leur expliqua-t-elle.

La situation devait être sérieuse car les oursons savaient que leur père ne se servait d'expressions que lorsqu'il était vraiment fâché.

«Vous pensez peut-être que l'argent pousse dans les arbres!» dit-il d'un ton rageur. Les choses se gâtaient. Il utilisait maintenant une image.

«Ah, vraiment, des jeux vidéo!» continua-t-il en criant de plus en plus fort. «Il n'y avait pas de jeux vidéo dans mon jeune temps. À vrai dire, je ne savais même pas ce qu'était de l'argent avant d'avoir dix-sept ou dix-huit ans!»

Maman l'interrompit et dit: «C'est la raison pour laquelle il est peut-être temps de commencer à leur donner de l'argent de poche pour qu'ils . . .»

«Il n'en est pas question!» hurla papa. «Ils doivent gagner leur argent. C'est ça la vie. Il faut travailler, gagner de l'argent et économiser pour les mauvais jours.»

Les oursons ne doutaient plus du
tout de la gravité de la situation. Papa
s'était servi d'une expression, d'une
image et il avait renversé une chaise.
Ils décidèrent sur-le-champ de
réparer leurs erreurs.

Ils s'attelèrent à la tâche et prouvèrent qu'ils savaient gagner de l'argent. Ils partirent d'abord cueillir des fleurs sauvages dans les petits coins qu'ils connaissaient bien. Puis, ils en firent des bouquets qu'ils vendirent sur le bord de la route.

BOUQUET DE FLEURS 10¢

Leur affaire était florissante.

Ils ramassèrent des baies juteuses et charnues et firent du porte à porte pour les vendre.

Leur affaire prospérait.

Il s'avéra que Frérot et Sœurette étaient encore meilleurs à gagner de l'argent qu'ils ne l'avaient été à le dépenser. Ils organisèrent des excursions guidées des plus beaux endroits du Pays des Ours.

La tirelire de Sœurette était pleine à craquer.

Ils lancèrent un service
de garderie pour animaux.

GARDERIE
POUR
ANIMAUX
10¢ DE
L'HEURE

Frérot dut emprunter le
sucrier de maman pour mettre
son trop-plein d'argent.

Au début, papa trouva tout cela amusant et impressionnant. Mais, lorsque les oursons se mirent à vendre des cartes indiquant l'emplacement des arbres où se trouvait le meilleur miel, il protesta.

CARTE DES
ARBRES À MIEL
15¢

«L'emplacement de ces arbres est un secret de famille», dit-il. «Les oursons n'ont pas l'air de comprendre qu'il y a des choses plus importantes que l'argent. Il n'y a pas de juste milieu avec eux. Il n'y a pas si longtemps, ils n'attachaient aucune importance à l'argent et maintenant, il n'y a plus que ça qui compte. Regarde, ils sont en train de se transformer en deux petits avares . . . égoïstes et cupides», ajouta-t-il. Et il avait raison. Frérot et Sœurette avaient effectivement l'air de deux harpagons en train de compter avidement leur argent.

«Les enfants», dit papa de sa voix la plus grave, «il va falloir que nous ayons une discussion.»

Mais avant même qu'il ait le temps d'ajouter un mot, les oursons déposaient sur ses genoux tout l'argent qu'ils avaient gagné à vendre des fleurs, des baies, des cartes et à s'occuper des animaux.

«C'est pour toi, papa», dit Frérot.

«Oui, nous avons pensé», ajouta Sœurette, «que si nous gagnions un peu d'argent et que nous te le donnions, tu ne te ferais plus autant de souci à ce sujet. Nous espérons qu'il y en a assez.»

Surpris et confus de s'être trompé sur le compte de ses enfants, papa resta bouche bée.

«Mais c'est *très* généreux de votre part et je suis sûre que papa est profondément touché», dit maman. «Papa a bien entendu des soucis d'argent, comme tous les papas et les mamans en ont à un moment ou à un autre. Mais ce qui inquiète plus papa, c'est vous. Il veut être certain que vous compreniez bien qu'il n'est pas suffisant de savoir comment dépenser son argent!»

«Tu sais quoi?» dit papa. «Je pense que nous devrions donner à Frérot et à Sœurette de l'argent de poche pour qu'ils apprennent à utiliser leur argent à bon escient, à économiser et à prévoir.»

«Quelle bonne idée!» dit maman en souriant.

«Qu'est-ce qu'on fait de l'argent qu'on a gagné?» demandèrent les oursons.

«Il est à vous puisque vous l'avez gagné», répondit maman. «Mais je suggère que nous allions le déposer à la banque du Pays des Ours.»

«Bonne idée», dit papa. «Ce sera votre poule aux œufs d'or.»

«Ah non, pas une autre image!» s'exclamèrent les oursons.

«Cette image vient d'une fable», dit maman. Elle leur expliqua l'histoire du fermier qui avait une poule qui pondait des œufs en or. Elle lui rapportait beaucoup d'argent. «Ainsi, lorsque vous déposerez vos économies à la banque, elles ''pondront'' des intérêts.»

«Des intérêts?» demandèrent les oursons qui ne comprenaient pas.

«L'intérêt est la somme d'argent que la banque vous paye pour lui avoir confié vos économies», ajouta maman.

Le jour même, la famille Ourse se rendit à la
banque pour ouvrir un compte au nom des oursons.

Il se trouvait que la banque était juste à côté de la salle de jeux vidéo.

«Mais, dites-moi, ça a l'air intéressant», dit papa en voyant le jeu de l'Astro Ours. «Si on faisait une partie?»

Sa proposition fut accueillie avec enthousiasme.

Papa fut le grand perdant de cette partie.
«Vous savez», dit-il, «il n'y avait pas de
jeux vidéo dans mon enfance. Si vous voulez
bien, on fera la revanche un de ces jours.»
«Quand tu voudras!» répondirent les
oursons, en sautant au cou de leur père.